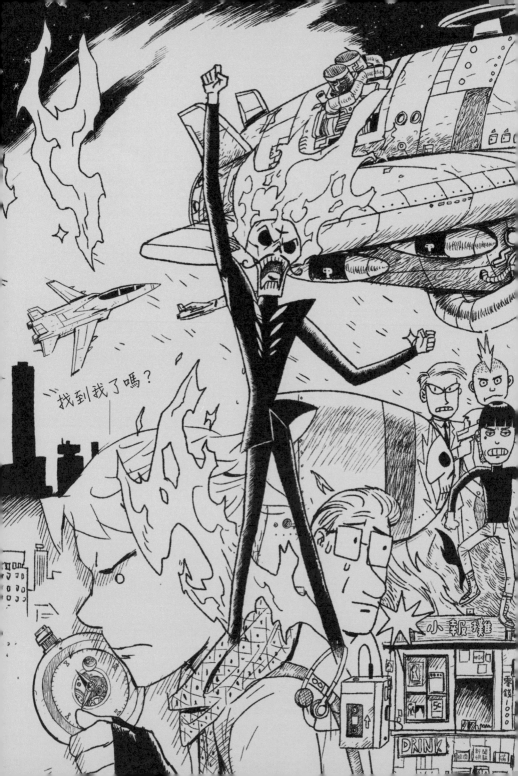

機密任務2

代號 K，快來解除世界危機

姜景琇 著
簡郁璇 譯

獻給追求世界和平的祕密探員

鄭燦、恩燦、書俊、太虎、太雄

目次

前言

我一現身，全場立刻響起如雷貫耳的歡呼聲。

「姜小藍！姜小藍！」

呼喊我名字的聲音此起彼落。

噢，姜小藍選手！先是閃跳轉，再來個行雲流水般的翻扳，接著是後輪滑行，最後以360度外翻轉完美畫下句點，太驚人了！

這次世界滑板冠軍大賽由
姜小藍選手與火箭人共同獲得冠軍，
這在滑板大賽史上是前所未有的事。

啪　啪　　　唯耶！　　　啪　　啪

　　噢，YES！我終於能和我的偶像火箭人並肩站在臺
上了！

　　而且我們還並列冠軍！

我整個人彷彿置身雲端，可是⋯⋯

先前折磨我的 MSG 情報員夥伴，竟然跑來祝賀
我？感覺好像哪裡不太對勁。

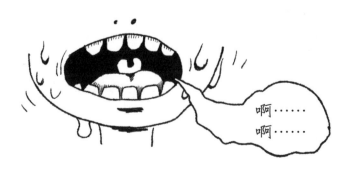

呃！少女時期的「媽媽」大剌剌的站在我的面前。

也就是說，我到現在還停留在「1991 年」。

我的夢想——在 2021 年世界滑板冠軍大賽拿到優勝——頓時化為泡沫，嗚！

作家的小祕密

精神奕奕

嗨。

我是小記者在英，很高興見到大家。往後我的工作，就是追蹤《機密任務》系列的作家MR.K。

我打算揭發不負責任的作家K先生的惡行。

真沒常識……

這事放還是慢跑的好。

噗

第一個線索就是這個！大家看《機密任務》1的第179頁！

全羅道咸興?!韓國根本沒有這個地方！

MR.K，請您解釋這件事！

南韓美食在全羅道，北韓美食在平安道咸興啊。

呃

來惡補一下地理吧！

原來美國東部沒沙漠?!

1. 天狼星K與烈焰怪博士

　　對，沒錯，我到現在還待在 1991 年。自從偷看了媽媽的「一級機密筆記本」，來到「過去」之後，我就一直留在這裡。想問我為什麼會發生這種事？這我怎麼會知道呢？

　　總而言之，現在的我與年紀相仿的世界頂尖情報員「媽媽」一起被捲入各種事件之中。

　　這樣也就算了，最大的問題是，我完全不知道要怎麼回到 2021 年啊！

而且，這裡的人還擅自認定我是一名情報員，所以事情就更麻煩了。

我只不過是一個喜歡饒舌和滑板的十一歲男生啊。

突然被抓來這裡，還被迫接受各種訓練……

沒想到 …

好像還滿適合我的耶。很奇怪吧？嗯……

難道，我天生就是當情報員的料嗎？

「媽媽」，喔，不對，是紫羅蘭對我說了一聲「辛苦了」，同時伸出手跟我握手。

說時遲、那時快……

R大驚失色，因為被 R 最自豪的十萬伏特電波打敗的人竟然不是我。不過，這沒什麼好大驚小怪的，因為正如 R 所說，現在是變裝易容課啊，呼！

呵呵呵！
姜小藍探員，
很令人驚豔！

其實我不是
姜小藍耶，
紫羅蘭探員。
我是——MSG首席
技術博士，史塔
斯基博士……

其實我也不是
紫羅蘭唷！
我是——美貌
與能力兼具的
鬥牛犬局長
祕書貴賓狗
小姐……

沒錯，雖然我並不想承認，但我很適應這裡的生活，甚至還產生了「我天生就是來當祕密情報員」的錯覺。

但這是因為我對即將到來的重大危機一無所知，所以才會產生這種錯覺。不過要是能夠預知未來，我就跑去買彩券了，才不會想這些有的沒的。

紫羅蘭說：
「不可能啊，MSG 情報局向來以世界頂尖的保安系統為傲，怎麼可能會有外部人士入侵？絕對不可能發生這種事！」

我們直奔鬥牛犬局長室，打算一起看看內部監視器的畫面。

真不敢相信居然會發生這種事。

　　紫羅蘭，不，「過去的媽媽」依然不願相信有入侵者。她懷疑是保安系統錯誤啟動，或者是蟑螂太餓了，才咬斷電線，造成機器短路。

三號螢幕捕捉到某個來歷不明的人物。

那裡是與地下監獄相通的地方，難道入侵者是從那裡闖進來的嗎？

看到三號螢幕上出現的不明人物，紫羅蘭和辦公室
的所有人全都錯愕得張大嘴巴。看到除了我之外，大家
都這麼吃驚，所以我也跟著張開嘴巴——啊！

那個人是天狼星K！

之前只聽過他的名號，這還是我第一次親眼見到他本人的模樣。

沒想到他就是「媽媽」辛辛苦苦尋找的人⋯⋯

那麼，「媽媽」為什麼要那麼心急的找尋天狼星K呢？

　　我可以感覺到，天狼星 K 對媽媽來說，是個非常重要的人。「重要」就代表喜歡？喜歡就代表愛？愛就代表結婚？

　　等……等一下，難道？！

可是，為什麼媽媽從來不談爸爸的事呢？

就在我胡思亂想的時候，天狼星Ｋ已經找到了史塔斯基博士。

鬥牛犬局長命令我們將天狼星Ｋ逮捕到案。

「那個叛徒！立刻把博士從那傢伙的手中拯救出來。」

「是！」

「媽媽」和我接到鬥牛犬局長的命令後，隨即前去阻止他。

不過天狼星Ｋ行經路線沿途已有許多探員倒臥在地。

兩人一言不發的看著彼此。

啊！這實在太可疑了。

天狼星 K 毫不在乎的注視著媽媽，然後按下了手中的某個東西。

爆炸之後，有根巨大的管子破牆而入，接著就像小胖在吃餅乾時一樣，把天狼星 K 和史塔斯基博士瞬間吸了進去。

這起綁架事件來得太突然，我們根本來不及應變。
而且天狼星 K 果然專業，身手非常俐落，令人甘
拜下風。

大食怪戰士P登場

大食怪戰士P來了！

2. 烈焰怪博士登場

我們在 MSG 情報局觀看這個影片。

這個狂妄的傢伙到底是從哪裡冒出來的？簡直就跟電影中的壞蛋一樣，而且他竟然有一顆如烈焰般燃燒的骷髏頭，這樣冬天應該都不會覺得冷了吧？

總之，我們必須立刻採取什麼措施才行。

雖然這麼說很抱歉，但我還是第一次見到鬥牛犬局長用這麼認真的表情說話。

這次事態已經鬧大，到了無法挽回的地步，與上次
單純逮捕威脅犯是截然不同的層次。

「烈焰怪博士」是擁有著火骷髏頭的人，也是打算
製造核彈的超級大魔王。

這時，MSG 情報局的電話響了。

既然對方能夠直接打到局長室，必定是非常重要的

人士打來的。（我猜啦。）

鬥牛犬局長講了很久才結束通話，還擦了擦滿身的

汗水。

鬥牛犬局長調整了一下呼吸，接著用麥克風向全體 MSG 探員傳達訊息。

啊，在此向全體探員報告。
相信大家看到稍早的
螢幕畫面後，應該知道
現在全世界面臨了重大危機。

所有 MSG 情報局的探員都抱持堅定的決心加入，
可是……

我們卻不知道接下來會發生什麼大事情。

直到後來才知道，烈焰怪博士把「那個東西」稱為

「送給 MSG 情報局的驚喜禮物」。

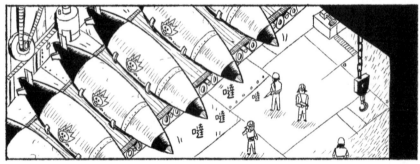

總統閣下，
準備就緒了。

MSG，這是給
你們的禮物。

這是「鋼鐵雨」。

烈焰怪博士察覺我們在追蹤他，因此打算將 MSG 情報局的地下基地夷為平地。

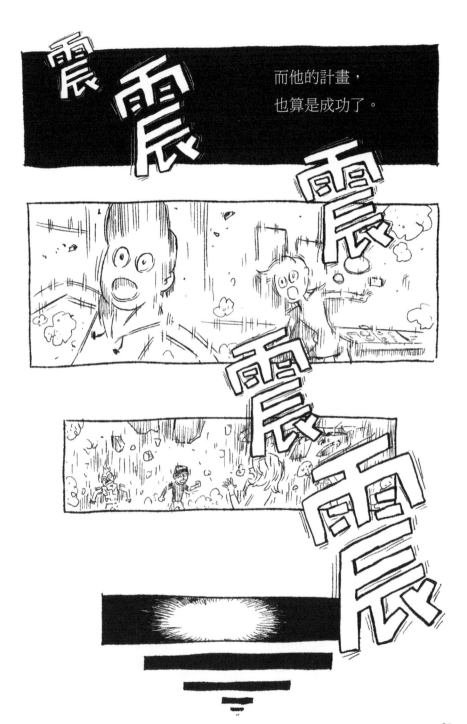

而他的計畫，
也算是成功了。

烈焰怪博士以為，只要除掉 MSG 情報局，就再也沒人可以妨礙自己。

如果 MSG 情報局不是建造在地底深處，情況可就十分危急了。

探員的身影接二連三的從建物殘骸中冒出來。雖然 MSG 情報局被夷為平地，但由於探員都曾受過良好的訓練，所以並沒有因此喪命。

不過，除了我和媽媽之外，大部分探員都受了傷。

看到自己熱愛、奉獻一切的 MSG 情報局瞬間化為烏有，探員個個感到茫然不已。

其中，又以媽媽憤怒的樣子最為嚇人。

好久不見的宋沙拉老師

鬥牛犬局長的祕書貴賓狗小姐,工作能力傑出,外貌也很出色。

散發光采

喔,好美啊!

哎呀!我重了兩公斤。

最近她卻為體重增加而苦惱。

澡堂➡

淑女的體重是神密

於是貴賓狗小姐向宋沙拉的健身俱樂部求助。

您好!我來報名運動課程。

喔

哎呀!

您是來上有氧運動嗎?還是瑜伽?

您這麼瘦嚼嚼

我家寶貝吃東西最美。

自從輸掉上次對決之後,宋沙拉老師就放棄減肥了。

紫羅蘭,走著瞧!

3. 這一區的帥哥就是我！

「媽媽」和我連忙搭上都市移動器「風火輪」去追烈焰怪博士。

大部分情報局的探員都受了傷，所以他們負責在後方提供支援。

鬥牛犬局長拖著負傷的身子對我們說：

這時，美國空軍的戰鬥機部隊已經出擊，打算阻止死亡之星。

這壞蛋太蠻橫不講理了！他大概是打算見一個就殺一個。

那個「可能是」我爸爸的天狼星 K，竟然和這種壞蛋是同夥⋯⋯

紫羅蘭，不，是「媽媽」和我試圖尋找進入烈焰怪博士飛行船的方法。

媽媽和我用丟銅板來決定由誰對付那個傢伙。

因為丟銅板結果呈現反面,所以納爾這傢伙的對手就是我了。

自稱大帥哥、男人的夢想、帥氣的化身、型男天才
的「納爾」，非常貶低我的外表。

我也沒長多醜，好嗎？

好，儘管囂張吧，現在是脫胎換骨的我大展身手的時候了。區區一個烈焰怪博士的屬下⋯⋯我就在此發揮經過 MSG 情報局磨練的實力吧！

咦？這跟我想的不一樣耶⋯⋯

人不可貌相，沒想到納爾這傢伙超級厲害。雖然很不想承認，但他的動作非常迅速，看似溫柔又優雅，卻讓我感覺像是被鞭子抽打般疼痛。

即將被痛宰之際，我逮到了機會，馬上脫掉這傢伙的鞋子。

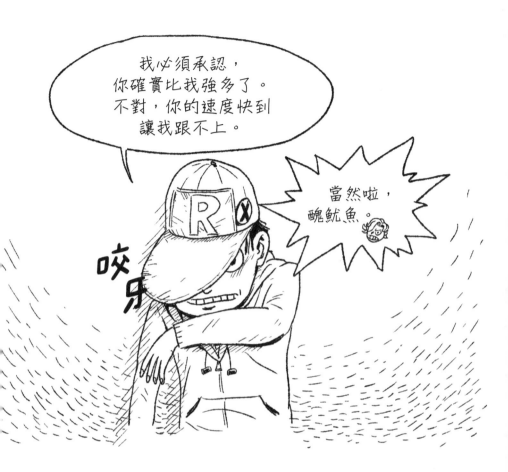

「所以我想啊，既然你動作這麼快，讓你變慢一點不就好了。」

納爾暴跳如雷，持續嘗試攻擊。

沒錯，我都已經被扁得像豬頭一樣了，卻還想著要脫下納爾的鞋子，這是有原因的。

因為我在他的周圍撒下了無數個樂高積木。

這是上次和金火爆教練對決時學到的技巧。

行動受限的納爾嘗試逃跑，只是當他的腳丫子踩到積木，就痛得哇哇大叫。

我們成功打敗了烈焰怪博士的第一個部下納爾。

不過，我們把勝利的喜悅拋在腦後，繼續追擊烈焰怪博士。

納爾身上有一塊去找烈焰怪博士時需要的鑰匙碎片，而我們也順利拿到手了。

不過他剛剛說，後面還有更強的傢伙等著我們？

榮耀的疤痕

我是安德森中校，還記得我吧？我是沒機會在《機密任務》第一集出現的退役軍人。

我的全身充滿了傷口，

榮耀的疤痕

這是5歲時騎自行車受的傷。

這是我12歲時被蛇咬的。

你看這個！

這是入伍前被狗咬的傷。

沒有打仗時受的傷嗎？

別亂說！被子彈打到有多痛啊！

猛然！

幸好您很健康，安德森中校，下次再見囉，音樂請下！(BGM：Deep Purple - Soldier of Fortune)

下次見！

4. 烈焰怪博士的身分

　　當我和媽媽奮力的在地面上追趕烈焰怪博士時，被綁架的史塔斯基博士在飛行船裡慢慢甦醒過來。

很奇怪，史塔斯基博士聽到烈焰怪博士的聲音之後，卻覺得有點熟悉。

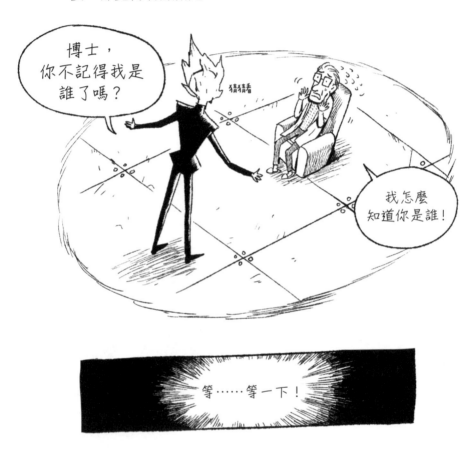

「難道你是幸福超市的李老闆？」

「不過，你怎麼會變成頭上有火焰燃燒的骷髏頭？又為什麼要綁架我？」

史塔斯基博士記憶中的金博士，不像現在有一顆骷髏頭，頭上也沒有熊熊燃燒的火焰，當然也不曾想過要征服世界。

　　金博士原本是史塔斯基博士年輕時研究室的同事，也是個為人親切的科學家。

但後來金博士的瘋狂研究成了禍根，兩人因此分道揚鑣，史塔斯基博士加入了 MSG 情報局。

因為這顆可怕的骷髏頭，我被研究室趕出來，還要
忍受人們的異樣眼光。

之後我四處徘徊，度過了一段難熬的日子。

儘管長得這麼可怕，
我依然很用心的過生活。

最後，我對整個世界充滿悲觀的想法，也很後悔沒有聽你的話，但我卻已經控制不了，內心的怨恨逐漸擴大。

想報復的心情一天比一天強烈……

後來，有一群傢伙出現了。

「您是壞蛋吧？對吧？！」

「請您收我們當跟班，我們從以前就想在像您這麼酷的反派人物底下工作。」

「從來沒有見過像您這麼名副其實的壞蛋。」

之後，這些跟隨者的數量呈倍數增加。

於是我下定決心，既然我的臉都變成這副德行了，

乾脆就召集地球上所有的壞蛋……

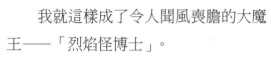

　　我就這樣成了令人聞風喪膽的大魔王——「烈焰怪博士」。

　　從那天之後，我決定要成為全世界的總統，主宰天下。

　　「那你為什麼要綁架我？」

　　「呵呵呵！理由很簡單，我希望拋下我的你，現在可以替我製造一份小小的禮物。」

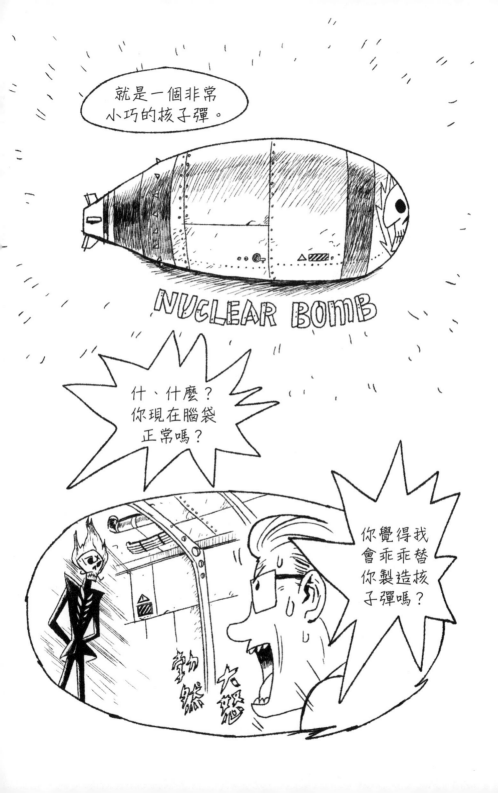

「我也早就料到，你不會乖乖的替我製造核子彈。」

「但你絕對無法抗拒我的『懺悔光波』。」

烈焰怪博士所說的「懺悔光波」，是當有人直視他的眼睛時，神智和心靈就會被催眠的可怕法術。

被催眠後的博士立刻開始著手製造核彈。

　　天狼星 K 成了烈焰怪博士手下的四大天王之一，
聽從他的命令行事。

　　「總統閣下，一切都按照計畫順利進行中，也順利
取得核能發電廠的鈾了。」

　　「啊哈哈哈哈！很好，真是天助我也。」

「可是發生一點小問題，MSG探員似乎追上來了，稍早前收到納爾被打敗的消息。」
「這我早就料到了，沒什麼好擔心的，只要剩下的四大天王成員能收拾掉他們就行了，哇哈哈哈哈哈！」

納爾的叛逆

哈哈！
今天是大帥哥、
男人的夢想、
帥氣的化身、型男
天才納爾的粉絲
見面會！

有幾名少女在等待
一睹我的風采呢？
100名？1000名？
總之一定超級多。

呵呵

粉絲見面會地點

一 陣 冷 風

於是，
納爾決定當
個壞蛋。

哈囉！
您是壞蛋
吧？

轉身

啥？

我決定開始叛逆。

我真帥

連我看都比你好吧！

5. 吉他比試

　　烈焰怪博士的邪惡計畫進行得很順利，因此各國首領很擔憂世界各地發生的危機，於是他們在日內瓦齊聚一堂，召開緊急會議。

各國領袖展開了激烈討論。

各位！

叮 叮叮

12點了，先吃個午餐再繼續吧。

你在說什麼鬼話？現在還吃得下飯嗎？

氣 憤 大吼

呼！請別擔心，MSG情報局的紫羅蘭探員此刻正在追擊烈焰怪博士。

MSG 嘿嘿

噢噢！世界最頂尖的探員出面啦！

真是太好了。

日內瓦總部

那我吃海鮮麵。

我要糖醋肉。

日內瓦餐廳

鈴鈴鈴

當世界各國領袖在餐廳點中國菜的同時，媽媽和我好不容易攀上了死亡之星飛行船的船翼。

風勢比想像中強勁許多，所以我們費了九牛二虎之力才爬上去。

我們四處張望，想要找到可以進入「死亡之星」內部的方法。

不過，風勢很強，所以要找到入口並不容易。

突然，從某處傳來一陣電吉他的聲音……

嗨，猴子們，你們費盡千辛萬苦來到死亡之星，辛苦了。我叫做「搖滾小愛」，是烈焰怪博士手下的四大天王之一。雖然你們費盡千辛萬苦才來到這裡，但現在就乖乖投降吧。

耶！

那個女生怎麼回事啊！竟然拿著吉他站在飛行船上頭，腦袋是不是出了什麼問題啊？站在那裡，感覺隨時會被風吹走耶。

哼！幸會啊，我的代號是紫羅蘭。

嗯？

咦？怎麼又多一個奇怪的人？媽媽為什麼又拿出吉他了？還有，這令人窒息的心理戰又是怎麼回事？該⋯⋯該不會她們想來場吉他比試吧？

她們兩人展開激烈的心理戰後，「搖滾小愛」首先用手指刷了一下吉他弦。

媽媽從腰際上的小熊腰包中取出特大喇叭，對著搖
滾小愛進行反擊。

POWER OF MUSIC! YAY~BABY.
震天響
呀啊啊啊！是被吉他之神「吉米·亨德里克斯」附身了嗎？
啊！我的鼓膜……好驚人的演奏！
呃啊啊

搖滾小愛的激烈演奏迎面而來，我和媽媽兩個人跌
跌撞撞，差點就被吹到飛行船的另一端。

「小藍，這樣不行，搖滾小愛的吉他演奏實力比想
像中強多了。」

「那我們就這樣認輸了嗎？」

「不，從現在開始，你和我一起表演。」

「什麼？和你一起做什麼？」

聽到媽媽說的話，我開始冷汗直流。

而且從剛才我的雙腿就一直發抖，胃也一陣噁心翻
攪，這才知道──原來我有懼高症。

「接住，小藍探員！」

媽媽將一枝閃閃發亮的金色麥克風丟給我。

不過，是要我用這個做什麼？

呐喊麥克風

具有十萬瓦特威力的麥克風，一般 KTV 裡禁止使用。

「你不是很會那個叫『饒舌』，還是什麼的表演嗎？你就用它跟我一起戰鬥！」

什麼意思啊？

就是我們必須同心協力。沒時間吵吵鬧鬧了，世界和平現在就掌握在我們手中！

不會吧！世界的命運此時此刻就掌握在我的嘴巴上？難道我唱饒舌，就可以拯救世界嗎？這叫我怎麼相信啊？我只是一個站在飛行船船翼上不停發抖的十一歲男孩啊！

「小藍，時間緊迫，趕快開始唱饒舌。」

「好，你想來真的吧？好啊，的確不能這樣坐以待斃，就讓我來大展身手吧！」

我拿起閃閃發亮的吶喊麥克風，使出渾身解數，開始唱起饒舌。

搖滾小愛朝我們使出攻擊。

好，我們也不能輸。

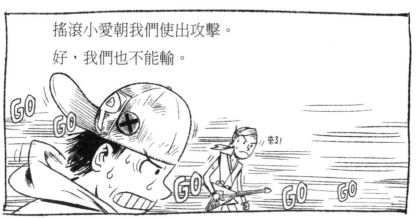

搖滾小愛就這樣離我們越來越遠⋯⋯

我們在這場奇怪的吉他對決中獲得勝利，順利取得從搖滾小愛身上掉下來的鑰匙碎片，也發現了能進入烈焰怪博士龐大飛行船「死亡之星」的門。

我們朝著威脅人類的超級大魔王又走近了一步。

MSG樂團的誕生

我是熱愛音樂的小伙子湯姆·莫瑞洛，職業是無業遊民。

咕嚕

YO！YO！我為什麼！

好驚人的聲音！

咦，這個音樂？是饒舌和金屬樂的混合體耶！

小伙子湯姆無意間聽到紫羅蘭和小藍的合作演出。

這個好酷。

信不信由你，湯姆被他們的音樂啟發，1991年組成了叫做「Rage Against the Machine」的饒舌金屬樂團。

YEAH

嗯，不錯喔！

MSG樂團正式誕生

YO！

6. 熱愛石頭的男人「石頭人」

　　紫羅蘭和我——啊，我現在打從心底覺得，叫「紫羅蘭」要比叫「媽媽」更習慣了，這讓我有點意外。

　　總之，進入死亡之星的我們開始尋找史塔斯基博士的下落。

　　飛行船這麼龐大，想找到史塔斯基博士和烈焰怪博士的行蹤，簡直就是大海撈針。

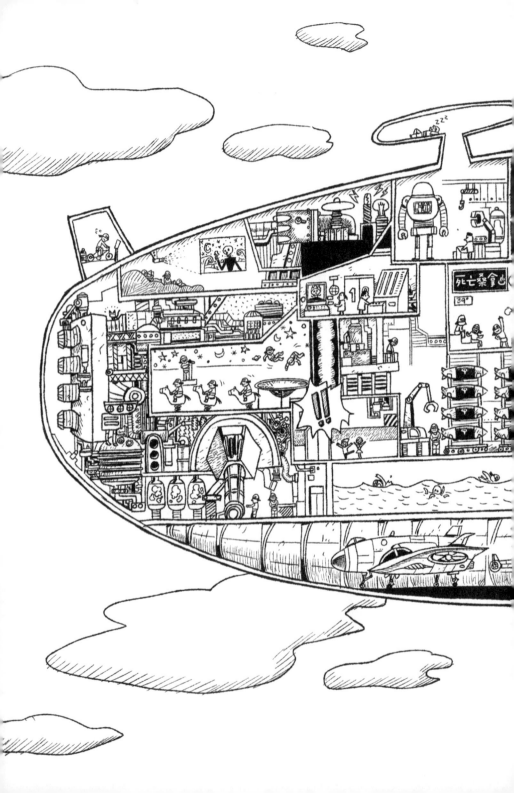

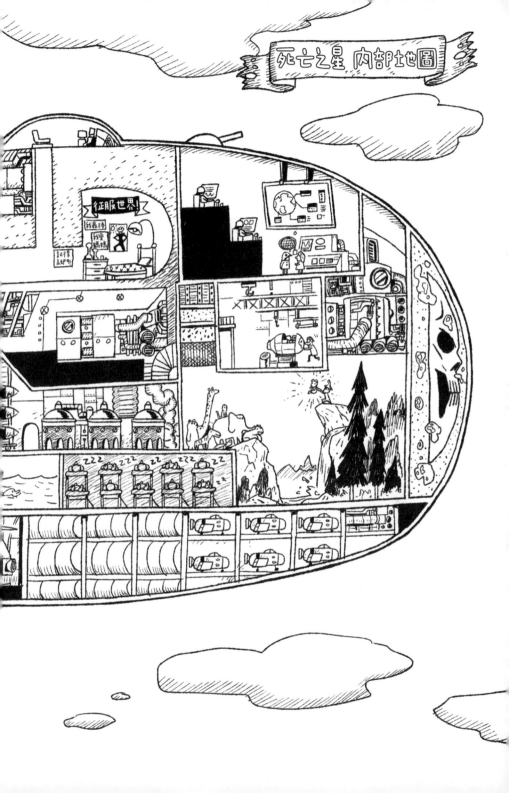

哼！又惹上麻煩了。紫羅蘭和我被一臉凶神惡煞的警衛發現了。

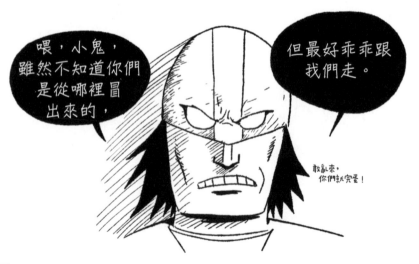

這時，紫羅蘭看著我露出了笑容。

「現在還笑得出來？」

紫羅蘭從小熊腰包拿出了某樣東西。

嘟噠噠噠噠噠噠噠！

　　烈焰怪博士的部下不約而同開槍，紫羅蘭也迅速吹出一個超大肥皂泡泡，把我的身體包在裡頭。驚人的是，肥皂泡泡居然把子彈全部彈飛出去！

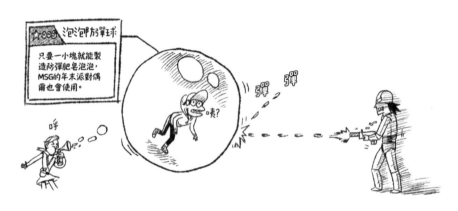

　　不久後，在我們的反擊之下，烈焰怪博士的部下全數陣亡了，呼呼！

在倒下的警衛後頭，出現了一個來歷不明的大塊
頭。

「我是『石頭人』，也是四大天王之一。你們必須走了，跟我到監獄去。你們會很痛苦，如果招惹我；手中的鑰匙會屬於你們，只要能贏我。」

雖然這個大塊頭講的話聽起來有點怪怪的，但他銳利的眼神和緊閉的雙脣卻很不尋常。

紫羅蘭悄悄將手伸進小熊腰包。

別亂來，最好！

我暗自祈禱，希望這個講話怪怪的大塊頭能平安無事。可是，我的想法太過天真了。

另一頭的烈焰怪博士則是一副氣定神閒的樣子，透過螢幕欣賞這個場面。

> 呼呼呼！
> 「石頭人」終於露出真面目了。

「就算再頂尖的情報員，在『石頭人』面前也無用武之地。」

烈焰怪博士意識到天狼星 K 就在自己身後，又補了一句：

「喔，我是說除了你以外啦。天狼星 K，真慶幸你和我是同個陣線的，哈哈哈哈！來，你就在這裡好好欣賞昔日同事被打得落花流水的狼狽樣吧！」

接著，烈焰怪博士說起石頭人的故事。石頭人從小就很喜歡石頭，所以也會偷嚐石頭的味道，沒想到有一天被朋友逮個正著，還被嘲笑了一番。

只是因為很喜歡石頭就被排擠，童年時期的石頭人每天都很傷心難過。

這時，烈焰怪博士出現在小男孩石頭人面前。

烈焰怪博士利用科學方法來幫助這個男孩，讓他搖身變成了真正的石頭人。

先不管他是怎麼誕生的，總之，我和紫羅蘭現在必須和他對決。

紫羅蘭和我大驚失色。怎麼會有這麼堅固的身體？
在用滑板一陣猛打之後，我的雙手開始陣陣發麻。

石頭人依然用很奇怪的方式說話，然後舉起了他巨大無比的拳頭。

接著，他揮出了威力無窮的拳頭。

因為他的拳頭太過強大，就連飛行船的壁面都被打

出一個大洞。

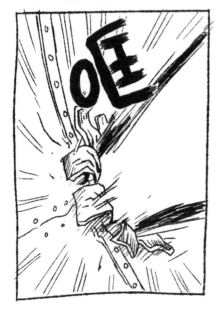

空氣快速的從被石頭人打穿的洞口跑了出去。

　　竟然把自家的飛行船打成破銅爛鐵，我看這個大叔真的腦袋不太好。

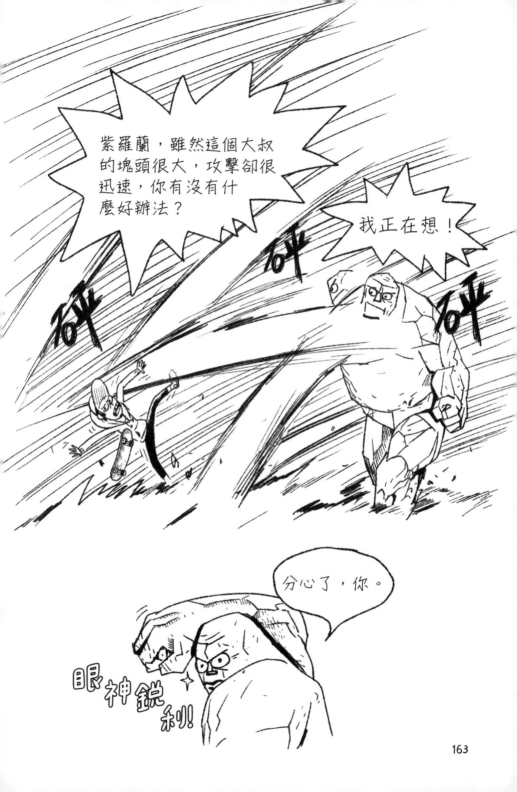

163

我的天啊，這拳竟然有這麼痛。

　　就算是被一臺載了二十五噸貨物的卡車，以一百五十公里的時速衝過來撞到，我都覺得沒有比被石頭人的拳頭打中來得痛！這拳就是如此力大無窮。

　　我的腦袋嗡嗡作響，胃也在翻攪。我是在做夢嗎？還是醒著呢？我痛到分不清楚這是夢境還是現實。更雪上加霜的是，我的身體正朝著剛被石頭人打穿的破洞飛去。

　　我必須趕快離開才行！要是被吸進那個地方，我一定會死翹翹。腦袋雖然警鈴大作，可是我的身體卻動彈不得。

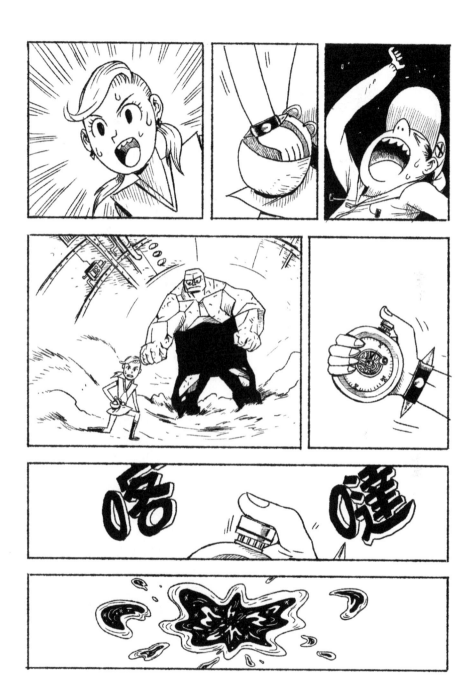

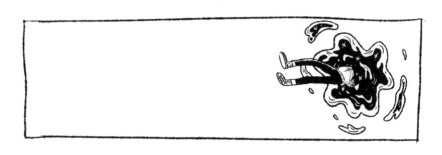

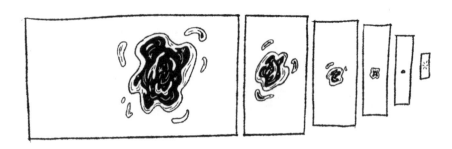

　　我的意識越來越模糊了，也不知道接下來發生了什麼事。

　　紫羅蘭呼喚我名字的聲音越來越遙遠，我的意識也消失在一片黑暗之中。

歡樂的聚餐

7. 我回來了！我出門了！

「呼呼呼呼呼……」

這裡是哪裡？

我在一望無際的黑暗空間裡徘徊了好長一段時間，眼前只有一片黑暗，無論怎麼走也看不到盡頭。

就在我累得打算放棄的時候，終於在那遙遠的地方找到一束光芒。

於是，我用盡全力朝著光芒奔跑。

我穿過那一片黑暗後，一睜開眼睛，就發現自己躺在某棟建築物內。

　　我看到自己全身被繃帶包裹住，手臂吊著點滴，而且周圍還有各種醫療器材——這裡應該是醫院吧。

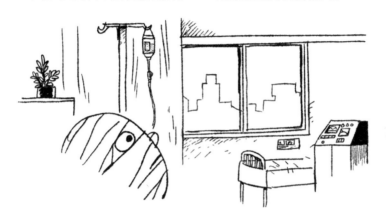

　　啊！對了，我想起來了，我被石頭人揍了一拳後，昏了過去。

　　不過，後來發生什麼事，我就想不起來了。

　　小胖在床邊把我為什麼會被繃帶裹得緊緊的，以及躺在醫院的原因告訴我。

　　原來我在練習「360度跳轉」滑板特技給他看時，從階梯上滾了下來，然後全身骨頭「啪、啪」碎裂，就像小胖最喜歡的餅乾一樣。我一整個禮拜都沒有恢復意識，呈現昏迷狀態。

什麼？假如小胖說的是真的，那我去時光旅行，在
1991 年發生的一切，還有和紫羅蘭一起經歷的那些特
務冒險，全部都是我在做夢？

這時，我聽見了一個想念已久的聲音——是媽媽
的聲音。

一見到媽媽，我馬上就不顧形象的哇哇大哭。

好久沒看到媽媽了，我真的好開心。

可是，為什麼我會覺得「好久」呢？為什麼我的潛意識這麼想呢？

之前那些事真的是一場夢嗎？我也分不清楚，重要的是，好久沒看到媽媽，真的太開心了。

但是，兒時的媽媽紫羅蘭、鬥牛犬局長、貴賓狗祕書小姐、史塔斯基博士、其他的探員夥伴，還有烈焰怪博士和天狼星 K，這些全部都只是一場夢嗎？他們的身影到現在都還歷歷在目呢……

不過……

那一定是我在做夢吧。

我又不可能真的回到過去，而且媽媽小時候也不可能是一名情報局探員啊。更何況，和巨大的機器人及壞蛋交手，我怎麼想都覺得是天方夜譚。

媽媽每天都在我身邊細心照顧我。

也多虧了媽媽的照顧，我才能很快就恢復健康。

在媽媽無微不至的照料下，我的身體恢復得差不多了，也很認真的做醫生叔叔要求的復健訓練。

我在醫院住了好幾天，傷口幾乎痊癒了，偶爾晚上也會和媽媽一起在醫院附近散步。

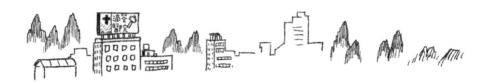

「媽媽，可是我受傷住院的時候，做了一個好奇怪的夢。我跟你說，我夢見自己搭乘時空機器回到過去旅行，發現媽媽是世界上最頂尖的祕密情報員，而且召喚我到過去的人也是媽媽你呢。

　　還有啊，我們兩個和威脅世界的壞蛋們大打出手，展開對決，那裡有巨大的機器人、海賊，也有一個頭頂上冒出熊熊火焰的叔叔，那裡還有會說話的鬥牛犬和貴賓狗，也有一位聰明絕頂的博士。不覺得很好笑嗎？可是……可是這一切都好逼真喔，一點都不像是在做夢，就好像實際發生過一樣。媽媽，很奇怪吧？」

　　「是啊，這個夢真的好奇怪呢。」

媽媽又不可能是
祕密情報員，
對不對？

喔……
對啊，
哈哈！

沒錯，那只是一場很刺激好玩的夢。

不久後，我的身體完全康復，也回到家裡了。

真的好久、好久沒回到家裡和我的房間了。

火箭人的海報依然貼在牆壁上，看起來很帥氣；我房間內的一切，彷彿一如往常的等待著我。

　　雖然全部都沒有改變，我卻忍不住深深的吐了一口氣。

手機來電鈴聲打破了這片寂靜。

「我還以為你怎麼了，擔心死了。」
「嗯，小胖，謝啦。」

「對了，小藍，我和其他人在公園耶，你要不要過來？恩燦、書俊和幾個朋友都說很想見你。」

是喔？好啊，我現在出門去。

哇啊啊啊

聽到好久不見的朋友們都聚集在公園玩滑板，我打算去找他們。

「媽媽，我去找朋友喔。」

「好，小藍，知道要注意身體吧？要是你再受傷，媽媽不會放過你喔！」

「好的，我知道了。」

我出門囉～

我把媽媽的擔憂拋到腦後，拿著滑板去公園找朋友。聽到我要過去，大家都在那裡等我。

　　以往常常失敗的雙尖翻，竟然不可思議的成功了！
我心想，說不定可以再試試 360 度跳轉——果然也順
利成功！

　　所有的朋友個個瞪大了眼睛，吃驚的問到底是怎麼
一回事。

今天是我從醫院回家的第一天，所以晚餐全是我喜歡的菜色，簡直可以媲美滿漢全席了。

「小胖依然是看到吃的就眼睛發亮，我還和太雄、太虎一起玩了滑板。」

和媽媽聊天、一起享用熱騰騰的晚餐，還有和朋友們玩耍都很棒。可是這時候，我的腦中卻浮現了紫羅蘭最後看著我的表情，以及或許是我爸爸的天狼星 K⋯⋯

「哈哈！抱歉，媽媽，我在想別的事情啦，不小心說出了奇怪的名字。」

沒錯，這是徹頭徹尾的失誤，我不小心把媽媽叫成了紫羅蘭。那個名字只存在我的夢裡面，不是嗎？我擔心媽媽會以為我的頭腦壞掉，所以打算含糊帶過。

媽媽，你⋯⋯
你在說什麼？

我能去哪裡？
這裡是我家啊。

媽媽怎麼在講
奇怪的話？
別開玩笑了啦。

媽媽
的確是這麼希望，
希望你以為那
只是一個夢，
畢竟我也不希望
我親愛的兒子
有生命危險。
你是我在
這世界上最寶貝
也最愛的人，
可是看到你在
醫院時偶爾會發呆，
媽媽就知道自己
攔不住你。

「那是什麼意思？」

我靜靜的聽媽媽說話。

媽媽伸了個大懶腰，說：

我只是呆呆望著媽媽的背影。

這時，媽媽接著又說了：

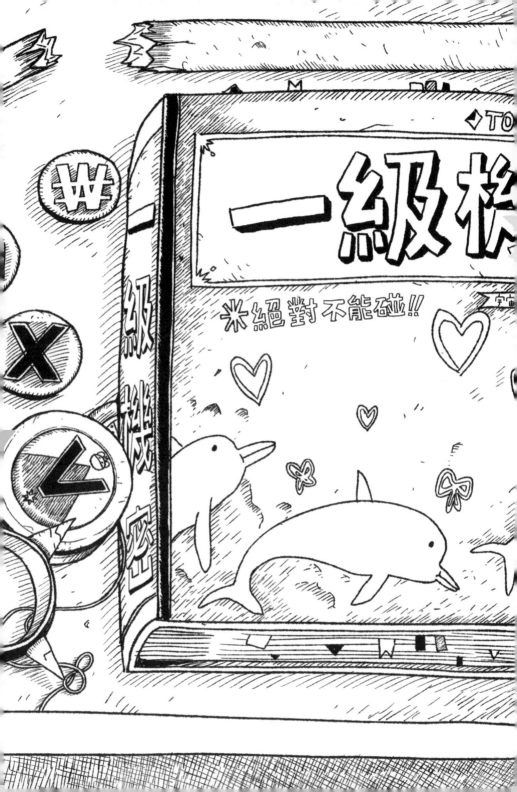

一⋯⋯一切都是「真的」！MSG 情報局、兒時的媽媽紫羅蘭、鬥牛犬局長、貴賓狗小姐、史塔斯基博士，還有天狼星 K 和烈焰怪博士都不是夢裡的人物，他們是真實存在的人！

　　我把「滴答滴答」和刻有我的機密代號 X 徽章握在手中，輪流看來看去。

　　之後，我用顫抖的大拇指用力按下按鈕。

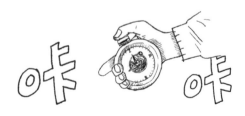

我出門了，媽媽。

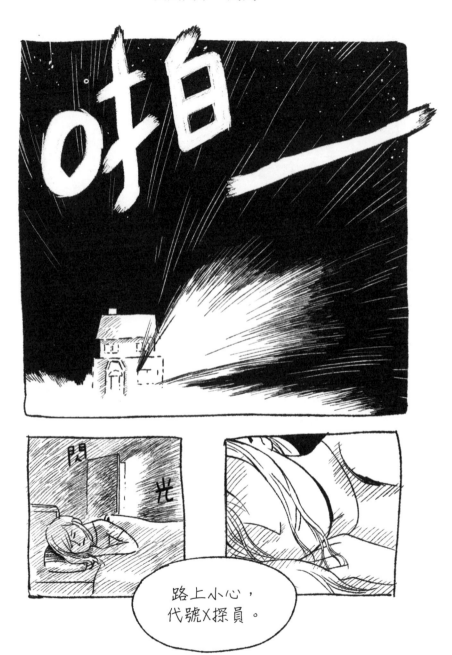

尋找黑貓豆豆

我的名字是豆豆。

喵~

各位情報員，找一找藏在書中的
我吧。傑出的情報員一定馬上就
能找到，喵。

不想找就算了。

轉一身

一定要找喔！

瞪！

豆豆在書中
等你們喔~

8. 再次前往過去，Go Go！

　　沒錯，我就像故事中的主角，在紫羅蘭遇到危險的緊急時刻「登愣」現身了。啊，對了，我本來就是這本書的主角啊。

我靠著「滴答滴答」再次回到 1991 年。

回到戰鬥中的「此時此刻」現場，花費的時間不多不少，恰好是三分鐘，也就是泡好一碗泡麵的時間。

雖然此時的我被「現在」與「過去」弄得糊里糊塗，但我決定以後再想這件事。我和紫羅蘭現在的工作是要阻止威脅全世界的烈焰怪博士。

因為我是隸屬 MSG 情報局的情報員，機密代號 X！

石頭人不知道我的心情有多澎湃激昂，只顧著胡亂揮動巨大的拳頭。

　　「呃！我必須躲開攻擊，之前嚐過那拳頭的滋味，那可是會痛得連靈魂都在哀號呢。」

　　「紫羅蘭，沒有之前那個東西嗎？」

　　「那個東西？」

　　「上次給我的戰鬥服啊。」

　　「啊哈！當然有準備啦。」

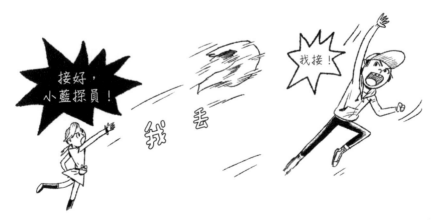

接好，小藍探員！

我 丟

找接！

老虎面具裝

傳說中的摔角手老虎面具裝，穿上後身上會竄出老虎的氣息，能自由使用各種摔角技巧，附帶效果是誤以為自己變成肌肉人，但的確只是錯覺。

好，既然如此，從現在開始，我也要認真對付他了。

紫羅蘭和我終於做好萬全準備，要迎接真正的戰鬥了。

穿上老虎面具裝後，我的身體彷彿鳥兒的羽毛般輕盈。然後，我在石頭人的臉上施展了最厲害的招數——「迴旋飛踢」。

　　紫羅蘭丟出眼球炸彈，還發射了火箭炮，這次使用的不是橡膠彈，而是真正的強大砲彈。

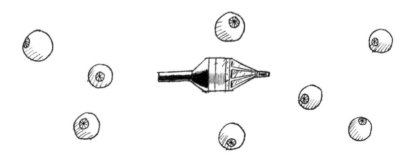

但是石頭人依然毫髮無傷。
我的迴旋飛踢和紫羅蘭的強大武器都不管用。

石頭人突然吐出了口中咀嚼的石頭，那堆石頭就像子彈般，快速朝我們飛來。

我只能束手無策的接下迎面飛來的眾多石頭，忙著滾來滾去，就連我⋯⋯我的老虎面具裝也被毫不留情的摧毀成碎片！

　　這時，紫羅蘭一臉悲壯，將大拇指放在鳳凰飛彈的發射器上。

紫羅蘭⋯⋯
不會吧？
那太危險了。

石頭人繼續咀嚼石頭，再次裝填子彈……

生死關頭的時刻來臨了。

難道就不能靠我們的力量抵擋嗎？MSG 的未來就
掌握在我們手上啊！

我緊緊的閉上眼睛。

一聲巨響傳來，我卻感覺不到聲音造成的衝擊。該不會是因為衝擊過大，所以我什麼都感覺不到，就直接去了另外一個世界吧？我一邊想，一邊稍微睜開了眼睛……

究竟是怎麼一回事？

石頭人倒在地上抽動，而天狼星 K 站在他旁邊。

這麼說來，是天狼星 K 打倒了石頭人囉？

為什麼啊？他明明背叛了 MSG 情報局，和烈焰怪博士站在同一陣線啊！

看到我們呆呆站在原地，天狼星 K 說：

「我是為了阻止烈焰怪博士，所以才自願成為叛徒，侵入他們內部。」

沒錯，天狼星 K 為了阻止烈焰怪博士實現他的野心計畫，故意偽裝成他的屬下潛入敵營。為了防止作戰計畫「跳入起舞的火焰」被揭穿，於是他背負了莫須有的叛徒罪名，耐心等到今天的到來。

聽完天狼星 K 的一席演說，我的胸口一陣發熱。

他果然⋯⋯果然是我的爸⋯⋯

天狼星 K 拿出放在「石頭人」口袋中的最後一片鑰匙，以及我們手上的鑰匙，拼湊成完整的鑰匙。

「必須有這把鑰匙，才能找到烈焰怪博士。我們必須阻止史塔斯基博士製造核彈，加緊腳步吧，因為他們已經在春田市發電廠取得鈾原料了。」

呼呼呼……

那就如你們所願吧。

各位情報員，

這下好玩了。

哇哈哈哈

臥底練習

MSG情報局的菁英探員天狼星K，他打算背負叛徒的罪名，侵入反派的巢穴。

我是孤獨之狼。

我來擺個凶狠的表情吧。

當了一輩子正義情報員的他，能成功加入壞蛋陣線嗎？

狠毒的表情。

奸詐的表情。

壞心的表情。

算了，我就當個沉默寡言的壞蛋吧。

夕陽西下了。

孤獨的情報員天狼星K，不，機密代號K，今天也為了正義，挺身對抗邪惡。

啊，好孤獨。

還不給我下來！

9. 最後的對決

　　我的舅舅天狼星 K、媽媽紫羅蘭和我，一起前往烈焰怪博士所在的祕密研究室。

　　我們所剩的時間不多了！要是無法阻止烈焰怪博士的計畫，全世界將會陷入一片混亂。

不過，我們三人也知道，想見到烈焰怪博士沒那麼容易。

不出所料，果然前方有不計其數的壞蛋嘍囉阻擋我們的去路。

說時遲那時快，有無數敵人在天狼星 K 的橡膠子彈前倒下。

不過，在這十萬火急的情況下，天狼星 K 卻冷靜的戴上耳機，欣賞卡帶隨身聽的音樂。

天狼星 K 隨著音樂旋律舞動，避開了所有朝他飛去的子彈。他看似沉默寡言，但內心似乎熱情如火。嗯，後續的發展也和我們預想的一樣，壞蛋們紛紛倒在天狼星 K 的拳頭之下。

※機智 猜謎※

猜猜天狼星K聽的是什麼音樂，出色的探員一定知道。如果想不出答案，就把這張圖拿給爸爸、媽媽看！

我們家族的人究竟是何方神聖，怎麼個個身手不凡？

我無法不對家族成員的「內功」產生好奇。

總之，我們三人過關斬將，也越來越接近烈焰怪博士了。

我們把從四大天王的手中獲得的鑰匙，插入烈焰怪博士的祕密研究室大門開關。

鑰匙一放上去,那道高聳的大門發出一陣「嘰哩——」的聲音,然後門就打開了。

天狼星 K、紫羅蘭和我知道烈焰怪博士就在裡頭。

我們走進了敞開的大門，可以看到遠處有個人在敲
敲打打，很奮力的在工作。

那個在奮力工作的人正是史塔斯基博士，可是他整個人看起來很奇怪，和以往感覺很不一樣。

「你們知道我為什麼要這麼做嗎？世界上充斥著各種令人無法理解的事情。有些人揮霍無度、虛度人生，卻能坐擁豐饒的生活；相反的，有人卻因為沒有食物可吃，必須讓年幼的孩子活活餓死。有些事對某些人來說只是個遊戲，但對另一個人來說，卻必須因此賭上性命。世界就是這樣，到處充滿了令人無法理解的事情。為什麼會這樣呢？一切都是人類的欲望造成的。」

　　「這個不公平的世界，由我來統一成一個國家，引領所有人走向更美好的生活，打造出最美好的地球。我要成為主宰全地球的第一個總統，用我的雙手讓這個世界改頭換面。」

烈焰怪博士用令人毛骨悚然的眼神盯著我們說:

「現在各國領袖的會議剛結束，大家做出了第一階段的結論。假如不能在接下來一小時內解決案件⋯⋯」

鬥牛犬局長含糊其辭。

「他們就要朝烈焰怪博士的飛行船『死亡之星』發
射鳳凰飛彈了。」

雖然鬥牛犬局長也告知了各國領袖這件事，但會議的結論已經定案，所以局長也無可奈何。

　　「相信他們也不是傻瓜，大概是因為死亡之星此時正在海洋上方航行，所以他們想嘗試攔截，讓核彈墜落在海面上，將災害減至最低。」

　　天狼星 K 試著講解攔截死亡之星的可能原因。

「所以我才要求多給你們一些時間。只要在接下來的一小時內，我們能夠阻止烈焰怪博士，大家就會平安無事。」

鬥牛犬局長以悲壯的口吻說明情況。

「就拜託你們了，機密代號紫羅蘭、機密代號 X，
還有天狼星 K，不，機密代號 K。」

我們感受到時間的緊迫性，為了拯救世界，必須馬上進入戰鬥狀態。

　　距離鳳凰飛彈發射，剩下五十五分鐘。

　　而現在的問題也很簡單，那就是在時間內壓制烈焰怪博士，回收核彈。

天狼星 K 朝著烈焰怪博士射出特製橡膠彈。

但是橡膠彈還沒射到烈焰怪博士的附近，就因為熱氣澈底融化了。

「雖然火箭炮和眼珠炸彈都用完了，但我還沒拿出珍藏的祕密武器呢！可以使用耳環炸彈的時刻到來了！」

烈焰怪博士若無其事的挑釁我們，讓我們氣得牙癢癢的。

很好，
該主角出場了。

　　一切都準備就緒了。
　　威脅世界的超級大魔王，以及阻止他的英雄──
MSG 情報局的新王牌，世界滑板冠軍大賽優勝，以及
夢想榮登美國唱片 Billboard 排行榜第一名的「我」要
出場了！

呃啊啊啊！整個世界都在旋轉！

在接下烈焰怪博士的一拳後，我差點就從世界上消失，變成天上的星星了。

天狼星 K 與紫羅蘭也展開了近距離攻擊。

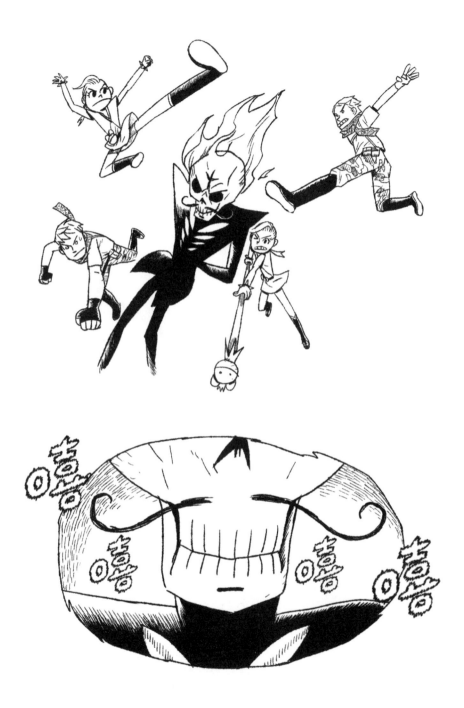

烈焰怪博士不愧是企圖征服世界的超級大魔王，實力超群。天狼星 K 和紫羅蘭從來沒有碰過這麼強勁的對手，所以非常驚慌失措。

紫羅蘭試著用與「搖滾小愛」對決時的大型喇叭和吉他進行音波攻擊。

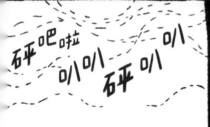

但一切都只是徒勞無功。

彷彿世界上任何東西都無法打敗這個超級大魔王。

「正好史塔斯基博士也差不多完成核彈了。」

核彈被大刺刺的擺在烈焰怪博士身後，就像是在展示它的威嚴般。

一股陰森的氣息從烈焰怪博士的背後開始噴發出來。

天狼星 K 和紫羅蘭死命的抵抗從烈焰怪博士雙眼
噴射出來的恐怖光波。

一旦屈服於那股能量，就會像史塔斯基博士一樣，
變成聽命行事的傀儡。

但是，媽媽和舅舅，終究還是屈服在烈焰怪博士噴出的懺悔光波下了。

這時，四大天王中的「納爾」靠近烈焰怪博士。

「哈哈哈！謝啦。」

「既然現在萬事俱備，就請向各國領袖發送訊息，
要求他們下跪求饒吧。」

勝券在握的烈焰怪博士，同意了納爾的建議。

「好，時機恰到好處，立刻連接衛星！」

「是的，總統閣下。」

「我要宣告勝利，同時還要告訴他們別再白費力氣了。」

「哈哈哈哈哈！沒錯，總統閣下。」

全世界就這麼落入了烈焰怪博士的手中。

沒錯，就是我，姜小藍！你們也以為我會「砰」一聲，就消失不見吧？這怎麼可能呢？這一切都在我的計畫內。我故意先讓烈焰怪博士揍我一拳，假裝退場，再按照 MSG 的訓練變裝，趁機靠近烈焰怪博士。

　　該如何制服烈焰怪博士呢？我認思考後，腦海中浮現了能夠撲滅火勢的「滅火器」。因此，我趁他卸下心防時靠近他，再突然朝著他狂噴，哈哈哈！

「愚蠢的小鬼，竟然以為這種古老的滅火器就可以阻止我。讓你見識一下我的威力！YOOOO！」

烈焰怪博士集中全身的力量，想要再次點燃頭上的火焰。

我的猜想果然沒錯，包圍烈焰怪博士的火苗逐漸熄滅，而他的能力也跟著消失了。

鬥牛犬局長和 MSG 情報局的探員們，得知各國首領要用鳳凰飛彈攔截死亡之星的消息後，奮不顧身的前來幫助我們。

　　鬥牛犬局長和所有探員果然都沒有放棄我們！嗯，雖然身為超級英雄的我，早已解決了所有問題！

遠在大氣層外，瞄準我們的鳳凰飛彈也終止了啟動裝置。「阻止烈焰怪博士作戰計畫」在最後五分鐘成功達成！

看到我表現得這麼優異，紫羅蘭和天狼星 K 都表示祝賀。

鬥牛犬局長和天狼星 K 握手言和。

「不必放在心上，有你這麼專業的探員和我們一同站在正義的陣線，真是太好啦！」

紫羅蘭利用手環向日內瓦的會議室傳送無線訊號，告知我們順利完成任務、維持世界和平的消息。

還有……

死亡之星的烈焰怪博士、四大天王（天狼星 K 除外）與其他部下們都被綁了起來，就像一串黃花魚乾。

史塔斯基博士。

金博士。

金博士，雖然事到如今，講這種話也無濟於事……但我很抱歉。假如事先知道你的痛苦，

並且幫助你的話，你就不會做出這麼莽撞又危險的事了，真的很抱歉。

我可憐的朋友……

史塔斯基博士很真誠的安慰烈焰怪博……不對，是金博士。

　　「現在，就讓我陪在你身邊吧，還有，像以前一樣繼續做研究吧，就你和我。」

聽了史塔斯基博士的肺腑之言，金博士垂下頭……

並且輕輕點了點頭。

就這樣，MSG 情報局成功阻止了烈焰怪博士威脅世界的可怕計畫。身為探員的我們，就是這樣在暗地裡守護和平。

雖然我也能回 2021 年去，但命運好像還是希望安排我以 MSG 探員「機密代號 X」的身分留在這裡。

儘管如此，遲早我還是必須回去見親愛的媽媽，雖然現在還不知道那會是什麼時候。

作戰成功是很
值得慶祝啦，
但不是還有任
務要解決嗎？

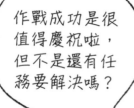

現在MSG的
探員受傷，
被炸毀的情報局
也要重建，我們
好像太歡樂了。

鬥牛犬局長揚起意味深長的笑容，將手搭在我的肩膀上。

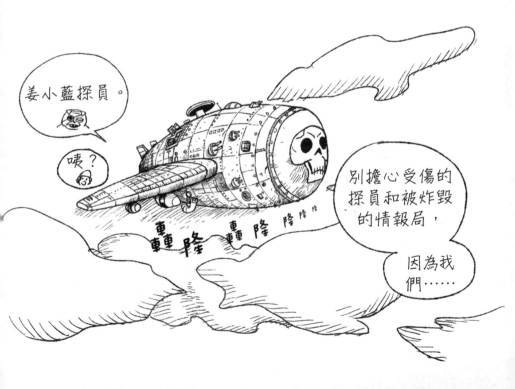

此時正在前往新MSG
情報局的路上，

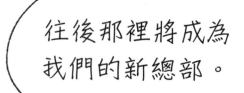

往後那裡將成為
我們的新總部。

以為結束了吧？才不呢！

即將威脅 MSG 的究竟是何方神聖?!

作者的話

各位親愛的探員，這段時間過得好嗎？我是再次回到機密任務系列創作的 Mr. K。

在這次的故事裡，主角小藍比第一集《代號 X，抓住那個嫌犯！》中更有情報局探員架式，而且遇上的對手還是威脅全世界、來歷不明的大壞蛋「烈焰怪博士」。

烈焰怪博士是企圖統治世界、野心勃勃的超級大魔王，而在《代號 X，抓住那個嫌犯！》中最後登場、引發讀者好奇心的「天狼星 K」，也在這次的故事中展現驚人的反轉。（我決定把帥氣的人命名為「K」，就像天狼星 K、或是我的 Mr. K 一樣，嘿嘿！）關於「小藍的爸爸是誰」這個未解開的祕密，我打算把它設計成一個超級有趣的故事。不過，其實小藍的爸爸已經登場，只是目前還沒揭開他的真實身分罷了。如果你是個觀察力敏銳的探員，可能早就知道答案了……噓！這是祕密。

我想將《機密代號 K，快來解除世界危機》塑造成更接近間諜電影的故事，凸顯間諜片的樂趣，所以盡可能在故事中介紹各種尖端武器，並融入邪惡反派的陰謀、跟蹤與對決、愛情與背叛等元素。我希望藉由更縝密、更令人屏氣凝神的情節，讓你們在閱讀時連伸手去拿零食的時間都沒有！（但聽說小胖在零食這關一直失敗。）

其實，創作機密任務系列這項工作就像一座必須跨越的高山，對我來說也是很大的挑戰，因為要創作超過三百頁的故事，無論是精神上、身體上或時間上都是極為吃力的負荷，投注的時間越多，我也就越沉浸在書寫文字故事和繪圖裡。因為我從以前就很想在書中營造特別的對決畫面，所以當我寫到小藍與紫羅蘭在死亡之星上，與搖滾女王「搖滾小愛」展開吉他對決的畫面時，真的覺得很好玩！至於偶爾出來串場的貓咪豆豆，我也打算讓牠在故事中擔任重要的角色，請大家務必要牢牢記住牠喔！

假如各位在閱讀機密任務系列時，能感受到喜劇和間諜電影有趣的地方，並能享受其中，那麼我就會感到非常非常幸福，也會期待創作更有臨場感的「機密任務」，讓更多新書在各位面前亮相，也請你們期待小藍與紫羅蘭持續蛻變的面貌。

那麼，就先與各位探員暫時說拜拜了！

機密代號 Mr. K

用一本不一樣的書，開啟閱讀創意力

文／彰化縣原斗國小教師 林怡辰

「機密任務」系列是讓人驚豔、停不下來的新閱讀形式。故事開場活屍在你周圍，11 歲的姜小藍被拖進書裡，回到過去，遇見擔任情報局探員的媽媽⋯⋯

如果您曾經翻閱過，一定會和我一樣驚訝的發現——從來不曾想過一本書竟然可以有這樣的創意形式，除了漫畫＋橋梁書＋繪本特色，再加上偵探、特務、推理、冒險、創意、聯想、想像、幽默、刺激各式各樣的特質，集所有吸引人的元素於一書⋯⋯還有許多未曾想過的笑點，天馬行空，讓孩子笑聲不斷，願意主動閱讀，連圖片的細節都不會輕易放過。

在第二集《機密任務 2：代號 K，快來解除世界危機》更是接續這樣的精彩，不斷推進。除了情節變化增加細節，還增加了許多創意的發想。細細探究，這樣的書籍除了引爆孩子閱讀興趣以外，還有許多的特點不容錯過：

1. **主動閱讀的引子：**對中高年級的孩子來說，橋梁書到文字書是有困難的，但藉由這樣高趣味、高動機的書籍，雖然看似圖多，但也足足有 3 萬字。讓孩子藉由圖文一同閱讀，除了增強閱讀的信心，更可以借力使力，推進相同類型文字書，跨越

文字書閱讀的限制。

2. 圖文編排的創意示範：乍看奇怪，但細翻書籍，可以看見編排專業，讀者閱讀當中，可以像電影一樣移動眼球，放大細部，找到細節而發出笑聲，是非常具有同理心的編排方式。四格漫畫像是番外篇，加入故事背後的故事，更增添不同趣味。

3. 天馬行空的情節落實：情節多樣，有些看似奇怪荒誕，但其實在作者細心安排伏筆下，加上後續說明，就能拼湊出合理化的解釋，是一本創意變成具體圖文的傑作。像是故事中石頭人講話總愛使用倒裝句，但仔細閱讀，你就會發現情節中有透露石頭人應該是個特殊的小孩，而小藍更直接說出「石頭人講的話聽起來怪怪的」。再加上作家不時會「打破第四面牆」，讓主角跟讀者對談，或是適時提醒讀者，譬如在 247 頁的機智猜謎，讓小讀者可以跟父母互動，猜猜天狼星 K 的舞步等，都有助於理解這些有趣的內容。

4. 幽默的高層次思考：仔細觀察笑點和書中幽默之處，都是在習以為常的地方，讓人出乎意料，除了有想像的樂趣以外，更接觸幽默的高等形式。

5. 嚴謹孩子放鬆的休憩站：有些個性較嚴謹的孩子，藉由這樣輕鬆情節、創意發想、不按牌理出牌，可以讓他們先放下原來的拘謹和各種限制，在故事中放鬆，擺脫框架，心靈翱翔。

不同類別的書有不同的養分，讓孩子接觸這樣新型態的書籍，除了可以接觸不同的創作能量，還可以思考背後的想法，讓觸角延伸、跳脫限制，讓心中幻想劇場上演，接受創意刺激腦波的電擊，這本《機密任務 2：代號 K，快來解除世界危機》，誠摯推薦給您！

讀完故事後，試著跟同學或是老師，一起想一想、討論下面的問題吧！

1. 書中字體會隨著情節變化而有不同設計，例如一般就是手寫細字；震撼的字「震」會鏤空，帶有動感的感覺；拍手聲「啪」有立體感……找一找以下這些字的設計：驚嚇的「驚醒」、「全身觸電」的觸電感、「撕開」邊緣不齊、有速度感的「轟隆」、強調的「天狼星」。如果你的名字要出現在書裡，你會怎麼設計呢？

2. 故事中有好多笑點，不知道你是「噗哧」還是「哈哈哈」，或是像小藍一樣仰天誇張的笑？一起來觀察你笑的點，是在國家元首開會看似嚴肅，卻是說出要準備開飯？還是面對敵人在前，卻還是猜拳決定？這些都是「反差」的運用。面對嚴肅議題，用另一方面幽默輕鬆面對，是很重要的能力。找一找，書中還有哪些情節是利用「反差」讓讀者笑出聲音？

3. 故事中除了有夢境、幻想、和讀者對話，還有重要的未解謎題，不斷吸引讀者、吊讀者胃口，像是尋找貓咪豆豆、小藍的親生父親，你都解決了嗎？

4. 受小藍影響的 Rage Against the Machine 樂團、天狼星戴上耳機聽的音樂等，可以上網查查、詢問家長，聽聽看上一個世代流行的音樂和舞蹈，你覺得酷嗎？

5. 這本是圖像小說形式的故事，現在換你來挑戰看看，看看是否可以根據以下的提示，把故事「說」出來！（也可以試著用寫的，就能變成一本有趣的小說喔！）
背景：烈焰怪博士準備要摧毀世界
衝突：天狼星擄走史塔斯基博士要製造核彈，正式開戰！
解決：小藍和媽媽對戰敵人三回合，最後結果……

6. 找一張你最喜歡的圖片，試試看用文字讓別人想像圖片的內容，畫得越精準，你的文字就越厲害喔！（可參考詞彙：快如閃電、迅雷不及掩耳、雷厲風行、內外夾攻、出其不意、出奇制勝、出乎意料、哀號、意氣風發）

7. 從第一集代號 X 的故事，到第二集新人物代號 K 的加入，如果你是作者，下一本續集，你會設計什麼好點子，讓讀者耳目一新，繼續對這個故事有新鮮感呢？

樂讀456

069

機密任務 2：
代號K，快來解除世界危機

作者｜姜景琇
譯者｜簡郁璇
責任編輯｜楊琇珊
手寫字｜曾偉婷
電腦排版｜中原造像股份有限公司
行銷企劃｜葉怡伶

發 行 人｜殷允芃
創辦人兼執行長｜何琦瑜
副總經理｜林彥傑
總監｜林欣靜
版權專員｜何晨瑋、黃微真

出版者｜親子天下股份有限公司
地址｜台北市 104 建國北路一段 96 號 4 樓
電話｜（02）2509-2800 傳真｜（02）2509-2462
網址｜www.parenting.com.tw
讀者服務專線｜（02）2662-0332 週一～週五：09:00~17:30
讀者服務傳真｜（02）2662-6048
客服信箱｜bill@ cw.com.tw
製版印刷｜中原造像股份有限公司
法律顧問｜台英國際商務法律事務所・羅明通律師
總經銷｜大和圖書有限公司 電話：（02）8990-2588

出版日期｜2021 年 6 月第一版第一次印行
　　　　　2021 年 8 月第一版第二次印行
定價｜330 元
書號｜BKKCJ069P
ISBN｜978-626-305-009-9（平裝）

訂購服務
親子天下 Shopping｜shopping.parenting.com.tw
海外・大量訂購｜parenting@cw.com.tw
書香花園｜台北市建國北路二段 6 巷 11 號 電話（02）2506-1635
劃撥帳號｜50331356 親子天下股份有限公司

國家圖書館出版品預行編目資料

機密任務2：代號K，快來解除世界危機／姜
　景琇作. -- 第一版. -- 臺北市：親子天下股份
　有限公司，2021.06
　320面；14.8×21公分. --（樂讀 456 系列；69）
　譯自：
　ISBN 978-626-305-009-9（平裝）

862.596　　　　　　　　　　　110006753

立即購買 >

有聲故事書